ACTES SUD JUNIOR
est dirigé par Madeleine Thoby-Le Duc

L'été
des becfigues

Pour Nathalie et Prunelle
et pour ma Louma.

Du même auteur
dans la même collection :

Les Premiers Jours
illustré par Marjane Satrapi

Merci à Gilbert Cabasso.

Direction artistique :
Guillaume Berga

Maquette :
Amandine Chambosse

Loi 49-956 du 16 juillet 1949
sur les publications destinées à la jeunesse

les premiers romans

EGLAL ERRERA

L'été
des becfigues

ILLUSTRÉ PAR
LAURENT CORVAISIER

ACTES SUD JUNIOR

1

L'odeur de Dahoud

J'ai décidé de rester comme ça, couchée sous le figuier, avec le sable chaud contre ma peau, les feuilles comme des mains douces et taquines sur mon visage et autour de mon cou et puis, entre les branches, des morceaux de ciel bleu ciel, très pâle, presque blanc, à cause de la chaleur.

Je fais des « baisers chinois » aux feuilles en y frottant mes narines ; le parfum de poivre et de terre de l'arbre et des figues encore petites et vertes me picote la tête.

Elle m'énerve, cette odeur ; je n'arrive pas à la saisir ; je la cherche en aspirant à grands coups de nez : elle m'échappe, revient, s'enfuit encore. Elle me fait penser à Dahoud, à sa peau couleur cannelle qui sent le sable, l'eau de mer, le crin de cheval, le pain chaud, la cendre et d'autres choses aussi un peu mystérieuses.

Son odeur, je l'adore, elle est autant lui que son visage ou ses mains ou que son nom. C'est lui et personne d'autre. Je la reconnais de loin, les jours de vent, quand je cours derrière lui à travers les dunes et les

arbres, ou bien les après-midi brûlants d'été, où elle s'échappe de sa djellaba, pendant qu'il fait la sieste à l'ombre de son palmier préféré. Je me suis souvent assise près de lui à le regarder dormir et j'ai eu envie de jouer avec le minuscule collier de gouttes de sueur au bas de son cou, de les goûter avec le bout des doigts ; mais je n'ai jamais osé.

Aujourd'hui, le soleil est terrible. À part moi qui transpire, respire, aspire l'odeur du figuier au-dessus de moi et qui pense à Dahoud, tout est vide et silencieux. Rien ne bouge.

Et justement, moi non plus, je ne vais pas bouger. Je vais rester là, sous le figuier, immobile, protégée. Rien ne me fera sortir avant que je n'entende les sabots des dromadaires et des ânes sur la route, les claquements de langue pour les faire courir plus vite, le tintement des bracelets de cheville, le battement des tambourins, les cris de joie des enfants et toutes les voix rieuses des bédouins quand ils apercevront la palmeraie et qu'ils sauront qu'ils sont enfin arrivés.

Je vais tendre l'oreille de dedans ma cachette, bloquer ma respiration pour deviner, entre toutes les voix, celle de Dahoud et même le froufrou de sa djellaba, son pas sur le sable et les cailloux, quand il passera devant la dune plantée de figuiers où je suis blottie.

Je vais attendre que tous se soient arrêtés dans la palmeraie, que les animaux aient bu et les hommes commencé à monter les tentes. Puis, je sortirai de dessous le figuier et je courrai jusqu'au campement. Je me mettrai derrière Dahoud. Je ne dirai rien, et il saura que je suis là. Avec les autres, on a parfois besoin de tant de mots pour s'aimer un peu. Lui et moi, on s'est toujours sentis sans se parler.

Il se retournera, me sourira avec ses yeux noir olive et sa bouche rouge sombre comme l'intérieur des figues en septembre quand elles éclatent de sucre et de miel et me font couler de bonheur le gosier.

Il ne dira rien ; je le sais. Dahoud ne parle pas, ou si peu, sauf quand il raconte ses longues marches avec sa famille à travers l'Égypte et les déserts, des plages d'ici sur la Méditerranée jusqu'à celles du sud au bord de la mer Rouge.

Je n'aime rien autant que ces soirs de vacances où maman permet que je veille. C'est un peu effrayant tellement c'est doux d'être dans l'obscurité comme sous un manteau léger qui frissonne au moindre mouvement d'air. C'est délicieux.

Ces soirs-là, nous nous asseyons, à part des autres, entre les dunes et la lune, à manger des dattes et le pain chaud de sa mère, et Dahoud me raconte les bruits de la nuit dans les montagnes et l'incendie du ciel au moment où le soleil descend derrière les sommets, les dizaines de noms des vents que connaissent les bédouins et surtout ceux de l'eau, si rare et précieuse dans le désert : l'eau qui dort et l'eau vive, l'eau blanche du bout des vagues, l'eau transparente, l'eau qui coule entre les pierres, court dans les herbes, l'eau sauvage, l'eau libre, l'eau barbare, l'eau prisonnière des sables, l'eau qui gazouille, l'eau qui chante, l'eau qui gronde, l'eau qui rit, l'eau qui murmure et qui pleure, les larmes déversées du ciel, l'eau qui vient à la bouche, l'eau de la joie qui monte aux yeux, l'eau de la tristesse... et encore et encore, jusqu'à ce que j'éclate de rire parce que j'en oublie de respirer à l'écouter inventer pour moi les plus belles images du monde.

Non, lorsqu'il me reverra tout à l'heure après huit mois d'absence, Dahoud ne dira rien, mais il verra que j'ai changé. Tout le monde le dit depuis que nous sommes arrivés d'Alexandrie pour passer les vacances dans notre « maison du désert ». Amina, la femme d'Abdou, le gardien, a poussé des youyous de joie en me voyant, il y a trois jours. Elle a dit qu'à dix ans, j'étais déjà une petite femme, un peu trop maigre c'est vrai, mais que ma taille était celle d'un élégant petit palmier et elle s'est mise à chanter des chansons d'amour et de mariage en me tripotant les cuisses et les hanches.

Ça m'a fait rire et j'ai senti le rouge me chauffer les joues et même de bons petits frissons dans le dos, mais maman était gênée, elle me tirait le bras pour essayer de me dégager et bredouillait :

– C'est encore une petite, c'est encore une toute petite !

Je l'ai même entendue murmurer un « mon bébé ». J'étais aux anges parce que ma mère est toujours pressée de me voir grandir. Ces fameux « à ton âge, tu devrais déjà faire ceci ou ne plus faire cela » qui égratignent le cœur, les voilà tout d'un coup effacés par un mot, envolés, oubliés. Je me suis dit qu'il y avait des jours magnifiques qui sont des pansements sur les vieux bobos.

Amina ne me lâchait pas, elle continuait à me palper en balançant la tête et les épaules :

– Beau petit palmier, bientôt tes dattes seront douces à la bouche de qui te goûtera.

Ou quelque chose de ce genre-là. Je n'ai pas tout compris parce que les bédouins parlent un arabe différent de celui d'Alexandrie. Et comme Amina n'a presque plus de dents, les mots se bousculent et s'emmêlent dans sa bouche.

Ma mère étouffait d'impatience et de nervosité. Amina chantait de plus belle et moi je riais de plaisir. Alors maman m'a entraînée vers la maison en me bousculant comme elle le fait quand, justement, elle ne sait pas quoi faire. Dans ces moments-là, elle me fait penser à du lait oublié sur le feu qui déborde et coule et se renverse partout. Un désastre.

C'est vrai, je ne suis plus une petite fille, mais je ne suis pas encore ce qu'on appelle une jeune fille. Quand j'étais petite, je disais que j'étais « une jeune petite fille » et tout le monde riait. Cela me vexait terriblement. Donc, je ne suis ni ceci ni cela et ça ne me plaît pas. C'est comme si je n'étais rien en attendant de devenir je ne sais quoi ou qui. Une femme, probablement.

Femme, j'adore ce mot court et fort. Il y a dedans le mot âme, un peu du mot faim qui me fait saliver et presque le mot aime. Il m'aide à grandir et rend le monde plus beau quand je le prononce mais je ne vois pas très bien ce que c'est ni comment on le devient. Maman est une femme – une « très-belle-femme », disent mon père et les amis, en un seul mot, plat comme une photo de magazine –, Amina elle aussi est une femme. Elles ne se ressemblent en rien et pourtant elles ont quelque chose de pareil que je sens très fort quand elles sont ensemble, même aujourd'hui où elles sont deux étrangères. Je le sens aussi parfois, pas toujours, quand nous sommes seules maman et moi. Je ne peux pas dire pourquoi ni comment ça se passe. C'est une surprise qui me vient, une sorte de bonheur bizarre. C'est parfois quand elle me parle, parfois quand elle m'écoute et que je sais combien elle comprend tout ce que j'ai voulu dire et même plus. C'est souvent quand on se tait et qu'entre nous vole une espèce de lumière, de chaleur qui me rend calme et sûre de moi. Ça me vient aussi quand elle se parfume, quand elle regarde papa avec ses yeux clairs et nus. C'est un calme et une fierté… voilà… c'est ça : une fierté qu'on partage, elle et moi.

Je pense à tout cela, engourdie sous mon figuier, et mes idées sont des oiseaux qui sautent et font une ronde à l'intérieur de ma tête. Il fait totalement chaud, j'ai un peu envie de faire pipi et ça me rend le ventre lourd. C'est assez agréable. Je suis bien.

Des bruits de voix, des gens qui courent près des dunes. Voilà, ce sont eux, les bédouins arrivent. Mon cœur se met à battre comme un tambourin en folie. Abdou, le gardien, m'a dit qu'ils devaient revenir hier ou aujourd'hui au plus tard. Depuis deux jours, je suis comme une outre en peau de chèvre pleine d'eau et j'attends... Je ne supporte rien et rien ne me fait plaisir, sauf me répéter que bientôt Dahoud serait là.

« Savoir attendre, c'est grandir », dit toujours mon père qui s'impatiente de mon impatience et fait bien souvent le contraire de ce qu'il dit.

Je ne supporte plus mes parents, ils parlent trop et trop fort, ils rient quand ce n'est pas drôle et prennent des airs graves pour dire des phrases un peu vides sur la chaleur, la cuisson du poulet et la blancheur de la lune si blanche. J'ai un peu honte parce qu'ils sont quand même beaux à voir de s'aimer comme ils s'aiment et d'être simplement heureux qu'on soit ensemble tous les trois.

C'est pour cela que je me suis cachée sous le figuier, pour ne plus me faire penser à un petit rat noir plein de colère dans le cœur, de ricanements dans la tête et de poison dans les yeux.

Je me secoue, les grains de sable roulent sur mon ventre et me grattouillent la peau. Je suis trempée de sueur et j'en tremble un peu. J'ai presque froid.

Les voix reprennent. Ce ne sont pas celles de Dahoud et des siens, ce sont celles de mes parents et c'est moi qu'ils appellent. La voix de ma mère m'arrive difficilement, on dirait qu'elle crie à travers des couches de voile et de coton, celle de mon père est grave et forte, presque en colère. Mais j'entends qu'il n'est pas fâché, non, il a peur. Je regarde à travers les branches et, soudain, je comprends : ils croient m'avoir perdue et ils cou-

rent dans tous les sens comme des enfants aban-donnés. Je revois d'un coup mes paniques d'il y a longtemps, quand je me réveillais la nuit dans le noir en pensant que le monde s'était vidé et qu'il n'y avait plus que moi de vivante sur la terre.

Plus rien n'existe que leur peur et la mienne, accrochée à mon estomac. Je saute de ma cachette, les branches du figuier m'égratignent le torse, je saigne un peu mais je ne sens rien, je cours pieds nus sur le sable brûlant, mais je ne sens rien non plus. Je me jette dans les bras de mon père et les sanglots me secouent de partout. Mes parents me regardent, se regardent, ils ont l'air désolé, ils me parlent, me bercent, me disent tous les noms tendres de mon enfance mais les sanglots ne me lâchent pas. Je me serre contre mon père, sa chemise est mouillée de mes larmes. Je dis « papa papa », mais au-dedans de mon crâne, une tempête folle me souffle : « Dahoud Dahoud. »

2

La voix de Dahoud

Mon oreiller est trempé de salive, c'est dire si j'ai dormi longtemps et profondément. Derrière les volets, je sens le soleil déjà fort et haut dans le ciel et j'entends des pleurs de bébé, des petits coups de marteau sur des pieux, des voix de femmes, et le drôle de ronflement des dromadaires que j'adore imiter à table, pour dégoûter tout le monde. Le « grabouillage » des bruits, comme je disais quand j'étais petite.

Je crie à l'intérieur de moi : « Ils sont là ! Ils sont là ! » Puis je dis en vitesse les lettres

de l'alphabet et, avant d'arriver à la lettre d – D pour Dahoud évidemment –, j'ai passé ma nouvelle robe blanche brodée rouge et or, mes nu-pieds à perles turquoise dans lesquels je me suis si souvent rêvée pour le jour de son retour, et je me plante devant le miroir.

Je me regarde et une envie de pleurer me bouche la gorge. Je suis trop longue, trop maigre, trop noire et, avec ces boucles qui me mangent le visage, je ressemble à un salsifis en perruque.

J'ai obtenu de maman qu'on ne me coupe pas les cheveux, cet hiver, pour pouvoir faire des nattes ou une queue de cheval. Je me mets à tirer sur les mèches, à les lisser et mes doigts s'emmêlent dans les boucles, se prennent dans les nœuds. Je souffle, je râle mais je réussis quand même à tricoter deux queues de rat qui tirebouchonnent derrière mes oreilles.

Une merveille d'élé-
gant jeune palmier…
Si Amina me voyait !

Et si je pouvais
encore croire au père
Noël qui m'apporterait
le cadeau d'un visage
aux yeux bleus et aux
longues tresses blon-
des, ou bien aux fées
qui transforment les gre-

nouilles en princesses ! Mais rien ne viendra
du ciel aujourd'hui. Comme dit ma grand-
mère quand elle est dans ses jours de philo-
sophie : « La fenêtre est ouverte et je ne peux
pas voler. »

Le dos au miroir, je défais mes soi-disant
nattes, j'arrache ma robe et j'enfile un short et
un T-shirt blanc. J'ai un peu l'air d'un garçon,
mais je suis moi. Et tant pis pour mes rêves.

Je suis debout sur le seuil de notre maison. À travers un brouillard de lumière blanche, dans un mirage qui tremblote au milieu d'un lac de sable, je vois au loin la palmeraie et le campement des bédouins et, parmi les silhouettes des hommes et des animaux, je distingue Dahoud. Ce ne sont pas mes yeux qui l'ont reconnu, parce que je ne peux vraiment voir ni son visage ni la forme de son corps, mais je sais que c'est lui.

– Ya R'beecca !

Une voix arrive de loin. C'est lui. Il m'a
vue et il vient vers moi. J'en suis sûre parce
qu'il n'y a que Dahoud qui m'appelle
comme ça. Maman dit « Rebecca » en ap-
puyant bien sur le a de la fin, papa dit « mon
amour », sauf quand il est fâché ; il roule
alors très fort le r du début, à cause de son
accent alexandrin et pour bien me faire
comprendre qu'il est vrrraiment en colère.

Marina, ma meilleure amie, qui n'arrive pas à dire le r, m'appelle « Webecca », ou bien « Becky », justement pour ne pas avoir à le prononcer.

Souvent, quand on veut une chose, qu'on l'a beaucoup attendue et quand enfin elle est là, on n'arrive pas à la prendre. C'est trop fort et ça fait peur. Et moi, maintenant, j'ai peur. Alors, au lieu de courir vers Dahoud, je me recule un peu et je me cache derrière la porte, avec le cœur sur le point d'éclater tellement il bat, comme hier sous le figuier.

– Ya R'beecca ?

Dahoud est debout devant la maison, je le vois à travers le battant de la porte. Il souffle un peu parce qu'il a couru, et il attend. C'est une des plus belles images de toute ma vie. Pas parce que Dahoud est beau, mais parce que je n'ai jamais vu quelqu'un attendre comme ça. Ni même maman, sur le balcon quand je rentre de l'école et qu'elle court m'ouvrir la porte du jardin. Dahoud est tout entier une paire de bras ouverts alors que, justement, ses bras ne le sont pas ; il a l'air d'un très jeune enfant et d'un très vieil homme à la fois. C'est drôle, je le connais si bien et pourtant, aujourd'hui, il m'impressionne. Quel méli-mélo ! C'est peut-être ça ressentir de l'amour pour un garçon : c'est tout et son contraire.

– Ya R'beecca…

La voix de Dahoud est douce, basse. Il m'appelle comme je l'ai déjà entendu faire avec les animaux un peu sauvages du désert qui vivent autour de notre maison et du campement. Les bébés chats, les gazelles qui viennent parfois rôder autour des tentes, les chiens perdus, les ânes qui n'en font qu'à leur tête et les vieux dromadaires affalés sous les palmiers.

Lorsqu'il les appelle, les animaux tressaillent, s'enfuient puis s'arrêtent ; et on les voit qui tendent l'oreille et dressent leurs poils. La voix de Dahoud est une caresse et un ordre. Ils hésitent un peu et, le plus souvent, lentement, s'approchent de lui. Moi aussi, j'hésite, j'ai la chair de poule, mais, collée à la porte, je reste immobile sans pouvoir faire un geste ni comprendre cette peur qui brutalise mon cœur et me pousse à fuir dans la direction opposée de ce que je voudrais.

Dahoud se tait. Il fait face à la porte mais regarde ailleurs, pour ne pas me gêner. Un temps long passe. S'il avance, je crois que je vais m'évanouir et s'il s'en va, je vais m'évanouir aussi.

C'est comme pour mon premier jour d'école. Pendant tout l'été, je l'avais attendu comme le plus grand jour de ma vie et quand je me suis retrouvée devant ma classe, avec les petites tables et les chaises juste à ma taille, les décorations, les jeux dans les grands bacs, le théâtre de marionnettes et tout ce dont j'avais rêvé, j'étais si éblouie que je n'ai pas pu entrer. Mes parents ont cru que j'avais peur et ils m'ont prise dans les bras pour me rassurer. Je me suis laissé faire sans rien dire ; j'étais transie d'émotion. J'avais trois ans. Aujourd'hui, j'en ai onze et je ne suis vraiment pas fière de moi. Je me traite de tous les noms, mais ma peur est plus forte que le ridicule. Je ne bouge pas.

– R'beecca, ya R'beecca.

Dahoud ne m'appelle plus, il se murmure mon nom pour lui tout seul. Il y a un petit reproche et une espèce de moquerie dans sa façon de dire, mais je ne lui en veux pas, parce que j'entends aussi sa tendresse dans sa voix, rêche comme la plante des pieds à la fin de l'été, quand on a marché longtemps sans sandales sur le sable.

Et ça, c'est plus fort que ma peur.

De derrière la porte, je réponds :

– Ya Dahoud !

Je m'élance dehors, d'un bond.

Le vent du désert souffle autour de nous et l'odeur de Dahoud descend jusqu'à moi : le sable, le crin de cheval, l'eau de mer, le pain chaud, la cendre, et je retrouve aussi, tout à coup, le parfum sucré des dattes sèches, que j'avais oublié. L'eau me monte à la bouche et aux yeux et coule partout au-dedans de moi.

Dahoud me regarde.

– Ya R'beecca.

Mon cœur va et vient entre mon ventre et ma gorge, aussi rapide et fou que des soucoupes de fête foraine, mais lui me sourit doucement et avec un calme qui me rend triste tout à coup.

Et s'il ne m'aimait pas ? S'il n'avait pas pensé à moi, comme moi à lui depuis l'été dernier ? Si je n'étais pour lui qu'une amie parmi d'autres ?... Je préférerais ne plus le voir, parce que moi, cela est sûr, j'aime Dahoud en amoureuse.

3

Les mains de Dahoud

Dahoud m'aime d'amour ! À sa façon, il me l'a dit. C'était hier soir, après dîner ; on était assis sur le rebord de la fenêtre sans fenêtre de la maison abandonnée, entre le campement et notre villa.

Il me racontait son hiver de voyages mais ses mots flottaient entre nous, sans vraiment entrer en moi. Ni frisson de peur quand je l'imaginais marchant contre la tempête de sable, ni émotion pour la naissance d'une gazelle ou du premier croissant de lune, à peine visible au-dessus des montagnes, plus fragile qu'une étoile.

Je l'écoutais à peine ; une phrase me piétinait le crâne, idiote, aussi têtue qu'un caprice : « Est-ce qu'il m'aime ? »

Je détestais Dahoud d'être si tranquillement assis à côté de moi, sans que rien ne soit différent dans sa voix ou dans ses yeux, sans que rien de lui ne dise qu'une fièvre comme celle qui me donnait le vertige lui montait jusqu'au cou et à la tête.

J'étais pire que malheureuse, j'avais envie de lui griffer le visage, de l'embrasser et de le faire pleurer, de le secouer dans tous les sens et d'arrêter de souffrir de l'aimer tellement.

Ma colère tambourinait fort dans ma tête et Dahoud l'a entendue. Il s'est tu en plein milieu d'un mot, puis il s'est mis à parler d'une voix changée, nouvelle, et ses mots sont enfin entrés en moi.

Il m'a dit comment, à l'aube, quand il se réveillait, les dunes de sable tremblaient entre ses cils et leur dessin était celui de mon visage. Le soir, c'était pareil : aux yeux de Dahoud, l'obscurité de la nuit était mes cheveux et les étoiles, c'était mes yeux. Il m'a raconté encore le rythme des pas des dromadaires sur les rochers qui résonnaient dans son oreille des deux syllabes de R'beeca, R'beeca. De sa nouvelle voix, il a dit mon nom et j'ai pensé que je l'entendais vraiment pour la première fois.

J'ai regardé mes pieds et j'ai demandé très bas :

– Alors, tu m'aimes, ya Dahoud ?

Lui, a levé la tête vers la lune et a dit, presque agacé :

– J'aime le pain au thym et aux oignons, j'aime mes parents, j'aime nager et j'aime l'odeur du poulet farci.

C'est vrai, Dahoud a raison, ça veut dire

tout et pas grand-chose un mot que l'on prononce pour un oui, pour un non. Mais je me suis remise à le détester : c'était plus fort que moi :

– Chez nous, on se dit tout le temps « je t'aime » ; quand on se quitte, quand on se retrouve, qu'on écoute une belle musique, qu'on se réconcilie, le matin au réveil et le soir avant de se séparer pour la nuit. Tout le temps ; ça nous tient chaud.

Puis, furieuse, j'ai presque crié :

– Et on comprend très bien ce que cela veut dire.

Dahoud a souri et m'a regardée droit dans les yeux :

– Un bédouin n'est pas un homme de la ville et un homme de la ville n'est pas un bédouin. Un garçon n'est pas une fille et une fille n'est pas un garçon.

C'est tout. Puis il a posé les mains au-dessus des deux miennes. Il leur a caressé le dos, très lentement, en tremblant un peu, et aussi le petit bout de peau tendre entre les doigts jusqu'au poignet, autour du poignet, puis il les a retournées et il a dessiné sur la paume des lettres et des des-sins invisibles et bizarres.

Il a plié mes mains à l'intérieur de ses mains, il a passé et repassé ses doigts sur mes doigts ; il m'a enveloppée tout entière.

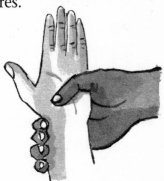

Je sentais sa peau rugueuse d'avoir monté les tentes, cueilli les dattes, tenu la bride des dromadaires et un lac immense s'est ouvert dans mon ventre et partout dans ma poi-trine. Moi aussi je devenais immense. Dahoud n'a que douze ans mais je crois qu'on reste moins longtemps un enfant chez les bédouins. C'est peut-être à cause de la nuit froide et vide dans le désert, de cette vie de départs et de marches sans rien d'autre que le ciel au-dessus et la terre sous les pieds.

La peau de nos mains brillait sous la lune, la sienne plus foncée, la mienne plus douce.

Jamais de ma vie, jamais je n'avais connu cette joie-là. Qui me balançait comme une barque, me picotait la langue et les lèvres et donnait à ma bouche une envie terrible de se poser sur la sienne ; mais je n'ai pas fait un geste. À l'intérieur de moi, je suppliais le monde que Dahoud continue à me caresser les mains.

« Je ne veux pas que ça s'arrête, je ne veux pas que ça s'arrête. » Je murmurais cette phrase que Dahoud ne comprenait pas parce que je la disais en français et qu'il ne parle que l'arabe. Je la prononçais dès que je sentais ses mains sur le point de lâcher les miennes et il continuait à les prendre et à les toucher, à les frôler parfois si légèrement que je devais me retenir de crier.

J'ai remué doucement mes doigts entre les siens. Au début, j'avais un peu peur, mais que c'était bon... Je les ai roulés et enroulés autour de sa main. Il a penché son visage vers le mien, j'entendais et sentais sa respiration tout près de mon cou.

Les lampes à pétrole faisaient une lumière orangée dans les tentes du campement et derrière les rideaux de notre maison. Tout était pareil que toujours : l'odeur de la nuit, les bruits, la ligne des dunes contre le ciel, l'ombre noire du tronc

des palmiers. Oui, tout était pareil que toujours, à part nos mains heureuses de se donner cette douceur incroyable qui me mettait sens dessus dessous.

Les joues de Dahoud n'étaient plus couleur cannelle mais coucher de soleil, or sombre, les miennes brûlaient aussi et s'étiraient jusqu'à ma nuque et mes cheveux. C'était si bon ! J'éprouvais le même plaisir qu'à ce moment que j'adore, où j'entre dans un bain un peu trop chaud : je reste accroupie, moitié dans l'eau, moitié hors de l'eau, avec des frissons délicieux qui me montent le long des cuisses, du dos et des oreilles. J'aime attendre comme ça, le plus longtemps possible jusqu'à ce que j'aie froid, puis je plonge dans la chaleur de la baignoire sans qu'un millimètre de moi ne dépasse de l'eau.

Dahoud a soulevé ma main et l'a amenée jusqu'à sa bouche. Il m'a donné un petit baiser, sur le bout des doigts, un baiser d'oiseau, pointu, léger, rapide.

Depuis ce soir, je comprends : « avoir vécu », c'est avoir aimé, un point c'est tout. Je ne vois pas ce que cela peut être d'autre. À part ça, vraiment, je ne vois pas. C'est bizarre la vie ; c'est lui le nomade et c'était moi, hier soir, qui avais l'impression de rentrer d'un très long voyage.

Le vent s'était un peu levé, il devait être tard. Sur le bord de la fenêtre sans fenêtre de la maison abandonnée, j'ai demandé à Dahoud :

– Tu crois que ça existe un amour qui ne s'enfuit jamais ?

Il a lâché mes mains, a montré le ciel clignotant d'étoiles et il a dit :

– Comme la nuit qui revient tous les soirs, pareille que la veille ?

J'ai dit :

– Comme la nuit ou comme la mer et ses vagues.

– Ça existe, a dit Dahoud.

4

Papa

La nuit, dans mon lit, je repensais aux mots de Dahoud sur l'amour qui ne finit jamais. Ils m'ont rendue aussi heureuse que ses caresses sur mes mains.

C'est que j'ai toujours peur qu'on m'abandonne, que mes parents se séparent ou qu'ils meurent. Que l'amour s'arrête. Je ne sais pas d'où vient cette panique car, depuis ma naissance, j'ai toujours été collée à eux et eux à moi.

Ma grand-mère dit que c'est parce que nous sommes juifs. Les Juifs ont été tout le

temps, de générations en générations, obli-
gés de quitter leur pays, leur maison et tout
ce qu'ils avaient ; ils ont tellement perdu
qu'ils s'attendent toujours à ce qu'on leur
prenne ceux qu'ils aiment.

Maman dit que c'est parce qu'elle avait
été malade juste après ma naissance et n'a
pas pu me toucher pendant des semaines, ni
m'allaiter. Je crois qu'elle a raison, ça doit
être terrible de ne pas être câlinée par sa
mère après être sortie de son ventre.

Papa, ça le rend fou d'entendre que j'ai
peur ou que je souffre. Il ne le supporte pas,
alors il s'énerve et nous crie dessus :

– Tout ça, c'est des bêtises de coupeuses de
cheveux en quatre.

Et il ajoute, en tournant en rond comme
un ours à qui on a enlevé sa ration de miel :

– Dans le sens de la longueur.

Lui, je l'adore mais il exagère parce qu'il
n'y a pas plus inquiet dès qu'on a une

minute de retard. Il en a brûlé les voilages de notre maison d'Alexandrie avec ses cigares à force de nous guetter, maman et moi, derrière la fenêtre.

Chaque fois, c'est la même scène : il hurle qu'on le rend malade, que chaque minute de retard lui retire une année de sa vie. Maman le regarde de biais et lance le traditionnel :

– Un fou. In-cu-ra-ble, en détachant bien chaque syllabe, comme un clou qu'on plante solidement dans un crâne.

Je me mets un peu à l'écart et je regarde. Je suis au spectacle.

Lui (avec de larges gestes de bras) :

– Il vaut mieux un homme inquiet et aimant qu'un qui n'en a rien à faire.

Elle (en lui tournant le dos) :

– On ne mesure pas l'amour à l'inquiétude.

Lui (en se prenant la tête entre les mains) :

– Cecece n'est quand même pas à moi que tu vas expliquer ce que c'est que la vie, ccc'est un comble quand même...

Papa trébuche toujours un peu sur les mots quand il est énervé. Ça me fait rire parce que ça me rappelle Clémentine, l'amie de maman, qui est une gauchère contrariée : quand elle était petite, on lui a attaché la main gauche derrière le dos pour l'obliger à écrire de la main droite. Conclusion, elle a une écriture de cochon et elle bégaye. Comme, en plus, elle ne parle que d'elle-même, nous l'appelons « Moi jejejejeje ».

Respect et dignité... expérience et réalité... responsabilité... Mes parents se jettent encore quelques mots qu'ils ridiculisent à force de les hurler n'importe comment.

Quand j'étais plus petite, leurs disputes me faisaient grelotter comme les cristaux du lustre du salon. Aujourd'hui, je ne comprends toujours pas pourquoi les parents ont besoin de se faire des scènes pour continuer à s'aimer, mais je sais qu'elles ne durent jamais et se terminent toujours de la même façon : mon père est hors de lui et bégaye de plus belle, ma mère pousse le petit soupir de celle qui a renoncé à changer le monde. Elle enterre la hache de guerre par son

« Un fou ! » accompagné d'un sourire qui dit le contraire de toutes les choses terribles qu'elle vient de lui lancer. Et papa se calme immédiatement.

Papa... Depuis ce matin, il me regarde d'un air bizarre.

Je m'étais réveillée tôt, avec le cœur léger comme une plume de becfigue et ma vieille chanson française préférée sur les lèvres, surtout la phrase qui me fait toujours monter le rose du plaisir aux joues et encore plus depuis que je suis amoureuse de Dahoud :

« Je ne suis pas si vilaine avec mes sabots
Puisque le fils du roi m'aime
Avec mes sabots dondaine, oh, oh, oh... »

D'habitude, mon père raffole des chansons d'autrefois, nous les chantons à tue-tête avec des gestes de chanteurs d'opéra. Ma mère se bouche les oreilles, parce qu'il

chante faux, et lui ordonne de se taire. Quand j'étais bébé, elle lui avait interdit de me chanter des berceuses pour ne pas me « gâter l'oreille ». Et lui, il avait obéi. Le plus fou des deux, je ne sais vraiment pas qui c'est.

En tous cas, ce matin, il n'a pas du tout envie de chanter. Tout ce que je fais ou dis l'agace et il me regarde sans la petite flamme qui rend ses yeux pleins de lumière quand nous sommes ensemble. C'est tellement nouveau et désagréable que je me précipite vers le miroir de ma chambre pour voir ce qui a changé et me rend si antipathique.

Non, je suis la même, avec seulement de petits cernes rose-violet parce que je n'ai pas assez dormi. Je dois dire qu'après la soirée d'hier et ce remue-ménage si fort en moi, j'avais peur de ne plus me reconnaître, d'être devenue une de ces jeunes filles qui ont l'air inquiet d'avoir grandi trop vite. Moi, au contraire, quand je me suis réveillée – c'était bizarre et cela m'a rendue tellement heu-reuse –, je me suis sentie complètement enfant ; plus encore qu'avant. Dahoud m'avait enlevé cette inquiétude qui m'alour-dit et fait vieillir mon cœur.

Par la porte ouverte, j'entends papa qui explose :

– Une enfant de onze ans ne reste pas le

soir dehors avec un inconnu jusqu'à une heure du matin !

– Dahoud n'est pas un inconnu, répond ma mère d'une voix de rasoir que l'on vient d'aiguiser, ils se connaissent depuis qu'ils sont petits.

Je ne peux pas voir mon père mais je connais le visage de ses colères ; les narines qui palpitent, les lèvres plus fines et serrées, les yeux noirs, éclatants. Sa voix tremble quand il dit :

– Et bien sûr, avec ton nez fourré dans tes livres et dans tes rêves, tu n'as pas remarqué le comportement de ta fille depuis que nous sommes arrivés ! Elle rit pour un rien, elle pleure sans raison. Tu trouves cela normal, peut-être ?

– Elle est sans doute amoureuse, laisse tomber maman avec le ton qu'elle prend toujours pour faire entendre, mine de rien, des choses importantes.

L'air me manque tout à coup. Dans le miroir, je suis l'image de la stupéfaction. On dirait la méduse en mosaïque du musée d'Alexandrie que je connais  par cœur tellement je l'ai regardée avec ses cheveux en l'air, sa bouche et ses yeux ronds comme des soucoupes d'extraterrestre, remplis de je ne sais quelle horreur ou quelle merveille. Je ferme la bouche pour avoir l'air moins bête et j'écoute.

Sur la véranda, papa bégaye de suffocation :

– AAAmoureuse ? À onze ans !

– Oui, dit doucement maman, et toi, mon cher, tu es jaloux.

– Jaloux ! hurle papa. Moi ! Jaloux d'un enfant !

– D'un enfant, tu l'as dit, d'un garçon de douze ans. Et maintenant Raymond Guerrero, tu vas me faire le plaisir de les laisser vivre leur histoire en toute tranquillité.

5

Le jour des becfigues

L'autre jour, Dahoud m'a apporté du pain, tout chaud sorti du four de sa mère, dans lequel il avait mis de gros morceaux de poisson à la chair blanche. C'était du requin que son père avait pêché dans la mer Rouge. Je me sentais fière de manger l'animal qui est la terreur de la mer. C'était comme s'il me donnait un peu de sa force et que Dahoud m'emmenait avec lui de l'autre côté du désert.

J'ai dit :

– Les nouveaux goûts, c'est vraiment

comme un autre pays. C'est un voyage...

Il riait, coupait de petits morceaux de requin, me les tendait et en jetait d'autres dans la gueule du chien Antar :

– Lui aussi, il faut qu'il voyage !

Dans les dunes blanches et vertes des figuiers, nous mangions à tour de rôle, Dahoud, Antar et moi. Nous étions trois amis. Plus que des amis, nous étions une seule famille qui déjeunait dans le plus beau des jardins. Je me sentais loin d'Alexandrie et même de notre « maison du désert » où, à quelques pas de moi, ma mère n'en finissait pas de lire sur la véranda. J'étais libre et heureuse.

Quelques jours plus tard, Dahoud nous a encore préparé un repas ; celui-ci, je ne l'oublierai jamais. Avec son lance-pierres, il a tué des becfigues qui volaient dans la palmeraie, il les a enfilés sur un bâton et les a fait rôtir au feu de bois. Puis, il s'est mis à les manger

tout entiers, même les os qui craquaient sous
ses dents. Mes parents aussi en font des fes-
tins, ils disent que c'est encore meilleur que
des ortolans parce qu'ils se nourrissent des
meilleures figues du monde : les nôtres.

Moi, je n'arrivais pas à garder l'oiseau
dans les mains ; malgré l'odeur succulente,

le jus qui me coulait entre les doigts et ma gourmandise. Je regardais la tête noire et brûlée, les pattes minuscules, repliées sous le ventre. Ça me donnait la chair de poule et un peu la nausée, alors que j'avais une envie folle de goûter le becfigue et de lui sucer les os. Au bout d'un moment, je l'ai reposé d'un air dégoûté tout en me léchant les mains avec plaisir ! Dahoud me regardait de l'air de celui qui se demande s'il se trouve chez les fous ou chez les idiots. Alors, pour cacher ma gêne, j'ai dit d'un ton coquin :

– Une fille n'est pas un garçon...

Dahoud est rapide comme le souffle du vent pour courir, nager et pour comprendre ce qu'on lui dit. Sans rien dire, il a détaché des morceaux de becfigue et m'a donné à manger en me les mettant dans la bouche. Je sentais en même temps le goût des ses doigts et celui de l'oiseau. Je fermais les yeux tellement c'était bon et je me laissais faire comme un bébé.

Quand nous sommes tous les deux, cela me rappelle certains moments de quand j'étais petite. Ce sont des vagues de douceur chaude et douillette qui me couvrent, me lâchent et me reprennent et que j'ai l'impression d'avoir ressenties il y a très longtemps.

Après, Dahoud m'a emmenée sous notre figuier – celui où je l'avais attendu – que nous avions transformé en cabane secrète avec des nattes en paille pour le sol et de grands tissus en coton blanc, posés sur les branches pour nous protéger des moustiques et du soleil. À l'intérieur, l'après-midi surtout, c'est ma lumière préférée ; celle des siestes d'été, dans les draps blancs, quand on tire un peu les volets pour laisser entrer juste ce qu'il faut de jour. C'est excitant et reposant à la fois, cela donne envie de se blottir et de se frotter contre quelqu'un qu'on aime.

C'est ce que je fais souvent contre la djellaba de Dahoud, et nous restons comme ça,
à rêvasser, à dormir ou à nous chuchoter
nos vies.

Cet après-midi-là, je m'étais presque
endormie en boule sur la natte et Dahoud
avait tenu mon pied serré dans sa main. J'ai
posé ma tête contre son cou et je me suis
mise à téter le bout de son oreille. Son visage
était si près du mien qu'il ne se ressemblait
pas. Je me suis dit que peut-être Picasso

peignait collé à ses modèles pour que leurs traits soient tellement embrouillés.

J'ai eu tout d'un coup terriblement chaud dans notre cabane, surtout à mon ventre qui gigotait de l'intérieur, comme sous la douche, quand je dirige l'eau entre mes cuisses et la laisse longtemps gicler sur moi. J'aime ça plus que tout, je pourrais y rester jusqu'à la fin des heures.

Sous le figuier, ce jour des becfigues, je me suis brusquement accroupie devant Dahoud et je lui ai déclaré que je voulais le voir nu. On aurait dit qu'il venait de recevoir une décharge électrique et j'étais aussi surprise que lui. J'avais parlé comme on se jette dans une eau dont on ne sait pas si elle est chaude ou totalement gelée. Le visage sombre et beau de Dahoud est devenu très pâle et ses yeux presque rouges. J'ai pensé qu'il allait s'évanouir, ou bien s'en aller.

Il a dit :

– D'accord, mais toi aussi.

J'ai répondu :

– Alors, nous deux en même temps.

Nous nous sommes déshabillés, vite sans nous regarder. Dans la belle lumière brune des siestes d'été, mon cœur battait de joie et de peur. J'ai posé le bout des doigts sur le sexe de Dahoud. Jamais, non jamais je n'avais touché une peau aussi douce, aussi lisse que la sienne à cet endroit-là et cela m'inondait d'émotion.

Lui n'a pas osé. Ses yeux se promenaient partout sur moi et c'était encore plus fort que s'il me touchait. Surtout quand il a regardé le bas de mon ventre et mes seins aussi qui commencent à pousser. Je ne savais plus où j'étais et lorsque nous avons ri d'un rire bizarre, un rire de chèvre, je ne nous ai pas reconnus.

Quelques minutes plus tard à peine, quelques secondes peut-être, nous avions remis nos vêtements. Dahoud m'a dit que tout cela était peut-être une énorme bêtise. En rougissant, il a prononcé le mot « honte », je me suis un peu moquée de lui pour le rassurer mais quelque chose m'étranglait la gorge et me faisait mal quand je respirais.

Le soleil se couchait derrière les dunes et les figuiers quand nous nous sommes dit au revoir pour la nuit. Maman était seule sur la véranda ; papa était à Alexandrie pour la semaine et devait nous rejoindre le week-end, après son travail. Elle avait posé son livre et elle écoutait *Les Scènes d'enfants* de

Schumann, qu'elle me joue toujours au piano en me racontant des histoires autour des notes et de la mélodie. Elle était de dos, la tête un peu penchée sur le côté, dans ce geste qui est elle et seulement elle, mais qui m'intimide, tellement je le trouve beau et mystérieux.

La musique s'est arrêtée. Je me suis sentie horriblement seule, presque abandonnée.

Il faut dire que depuis une semaine, c'est tout juste si maman me demande où je vais, d'où je viens ; on dirait qu'elle a décidé de m'oublier. Je me couche quand je veux, je mange quand et où je veux : parfois à la maison, parfois dans la tente de Dahoud avec toute sa famille ou bien dehors avec lui seul, sous les figuiers ou dans la palmeraie.

Au début, j'étais parfaitement heureuse et fière de cette nouvelle situation, mais au fond, cela me faisait souffrir.

Ce soir-là, sur la véranda, une envie de pleurer s'est mise lentement à gonfler ma poitrine. Les becfigues, Dahoud et moi, nus sous le figuier… J'allais éclater de trop de vie et de trop d'amour. J'ai demandé à maman si elle m'aimait toujours.

Elle a tourné la tête ; ses beaux yeux bleus sont devenus presque violets, une eau sombre et brillante les a traversés. J'avais de plus en plus besoin de pleurer à cause de la peine que je lui faisais peut-être.

Puis son visage s'est éclairé. Elle m'a dit qu'il était difficile de grandir même quand c'était ce que l'on voulait le plus. Que cela faisait un peu peur. Qu'être libre faisait plus peur encore. Et encore plus l'amour. Mais qu'il ne faut pas. Parce que rien n'est laid ou honteux quand on aime. Surtout quand on a confiance. Et elle a ajouté :

– Comme moi en toi.

J'ai pensé : « Et moi en toi. »

Elle parlait doucement, elle cherchait son chemin dans une forêt de pensées et de mots, et faisait attention que rien ne m'égratigne ou ne me blesse. J'ai pensé que nous étions en train de vivre un moment particulier. Je me suis promis de toujours me souvenir des mots qu'elle avait trouvés pour moi. Je les dirais à mon tour à mes enfants, s'ils ont peur le jour où ils seront amoureux pour la première fois.

Les mots de maman avaient fait déguerpir la drôle de trouille qui me charcutait l'estomac et surtout cet horrible mot de « honte ». À croire qu'elle l'avait entendu me chahuter  la tête et le cœur depuis que Dahoud l'avait prononcé. Ça arrive parfois entre nous, ce petit miracle de coïncidence. Chaque fois, ça m'apporte un parfum de paradis.

J'ai posé la tête sur ses genoux, j'avais envie de la remercier mais je ne savais pas quels mots choisir.

Maman a pris mon visage dans ses mains, elle l'a tiré contre le sien et, front contre front, nez contre nez, elle a dit que, bien sûr, elle m'aimait toujours et tous les jours plus, en fronçant les sourcils d'un air fâché parce que parler d'amour ça la chamboule trop. Elle a bougonné que ce n'était vraiment pas la peine de demander des choses pareilles mais qu'il fallait bien qu'elle réponde à tou- tes mes questions, même les plus idiotes.

6

Le cerf-volant

L'été a filé comme un becfigue en vol, léger et trop rapide. Même les dattes se sont dépêchées de mûrir et les figues aussi que nous mangeons, couchés sous les branches, juste en tendant le bras.

Moi, pendant ce mois d'été, j'ai voyagé de la palmeraie au figuier, du campement à la véranda, de notre bout de désert à la plage et de Dahoud à Dahoud.

Le week-end, on se voit moins ; papa est là. Il fait des efforts surhumains pour accepter

ma vie, avec Dahoud dedans. Je le vois bien à sa façon de le saluer d'une voix basse et horriblement polie en tirant nerveusement sur son cigare ou à son sourire, antipathique tellement il se force. Plus il en fait, plus il s'exaspère pour un rien ; on dirait qu'il passe son temps à chasser des mouches qui lui grattent le crâne.

Alors, quand il vient, je reste avec lui ; ça le rend heureux et moi aussi. Nous marchons souvent l'après-midi, parfois quatre à cinq kilomètres, jusqu'à la plage d'Agami pour arriver au bord de la mer avant la tombée de la nuit. Depuis cet été, je ne vois jamais le soleil disparaître sur l'horizon de l'eau sans ressentir du chagrin. J'ai peur de perdre Dahoud. Pour l'instant, à part ma grand-mère qui est morte il y a deux ans, je n'ai perdu personne. En plus, ce jour-là, l'enfant malheureux, c'était mon père.

Dahoud comprend bien mes absences des samedis et des dimanches et puis, c'est infiniment bon de penser à l'autre quand il n'est pas là, de le retrouver et de réapprendre son visage. Revoir Dahoud, c'est toujours pour moi un drôle de moment. Mon cœur redevient une soucoupe de foire qui va et vient entre mon ventre et ma gorge, aussi fort que le jour de son retour. Je me demande si l'on ressent la même chose quand on est devenu de vieux amoureux. Je me le demande.

Certains jours, Dahoud vient nous rejoindre sur la plage. Il dit bonjour de loin et reste à l'écart, assis au bord des vagues, jusqu'à ce que je vienne le chercher. Les enfants des amis de mes parents sont mal à l'aise avec lui. Maman dit que je me fais des idées, que je suis trop sensible dès qu'il s'agit de lui. Moi, j'entends leur voix plus haute quand ils lui parlent, je vois leurs yeux de biais quand ils le regardent et je les déteste d'exister.

Marina est venue passer deux jours avec nous. Elle n'a rien dit mais je sais qu'elle non plus ne comprend pas. Elle raffole des garçons blonds aux yeux bleus, alors un bédouin à la peau de cuivre, qui ne sait pas un mot de français, mange du requin et chasse des becfigues au lance-pierres, c'est vraiment trop pour elle. Cela m'a fait de la peine. Elle l'a senti. En partant, elle m'a embrassée et elle m'a soufflé dans l'oreille :

– Tu as toujours été un peu spéciale et je t'aime beaucoup.

Dahoud, évidemment, s'est rendu compte de tout. Il a simplement dit :

– L'eau et l'huile ne peuvent pas se mélanger.

J'ai crié :

– Sauf quand on s'aime ! L'amour change le monde. Maman dit qu'il n'y a que ça qui puisse faire changer la vie.

Il n'a pas répondu.

Quant à Clémentine, nous la voyons tous les jours ; elle a loué pour l'été une maison sur la plage. Tout de suite, elle a deviné que Dahoud et moi sommes amis et amoureux. Elle nous regarde beaucoup nager ensemble jusqu'à la petite île déserte, parler, marcher et parler encore le long de la mer, jouer, nous taquiner, nous prendre la main. Même l'émotion qui me presse le cœur lorsque je vois apparaître Dahoud derrière les dunes et courir vers moi à travers la plage, Clémentine l'a comprise. Elle m'écoute l'appeler « ya Dahoud ! » et ses yeux s'arrêtent longtemps sur les miens. Elle sait.

Tout à l'heure, elle m'a dit en baissant ses lunettes de soleil sur son nez :

– Alors petite, tu aimes ? C'est formidable et difficile.

J'attendais son fameux « moi jejeje »… mais, sans bégayer, elle a prononcé, en regardant très loin en arrière dans sa vie :

– L'amour est un ouragan…

J'ai pensé : « Oui, et aussi une eau douce, tiède, calme. »

Et j'ai couru près de Dahoud. Il finissait de fabriquer un cerf-volant avec des petits bouts de papiers transparents bleus, rouges et jaunes qu'il avait découpés dans des formes gracieuses. On aurait dit les lettres d'un alphabet inconnu et très ancien.

– CCCC'est un vitrail ! s'est écriée Clémentine.

– Un poème, a dit ma mère.

Le cerf-volant est au-dessus de nous, droit, magnifique, toujours plus haut. Les autres enfants nous rejoignent et tous regardent Dahoud le faire voler en écartant bien ses jambes et en les plantant solidement dans le sable. Tous crient :

– Yallah ya Dahoud ! Vas-y, Dahoud !

Et moi je crie de joie de les voir l'admirer comme cela et aussi d'entendre son nom chanter dans le vent.

Le soleil commence à descendre ; la plus belle heure de la journée commence.

Je vois, au bout de la plage, mon père qui vient vers nous en chaussures et pantalon ; tout juste arrivé de son bureau d'Alexandrie. Il a sous le bras un paquet rose et rouge du magasin de jouets où il m'emmène souvent en cachette de maman qui trouve que : « Trop gâter un enfant, c'est en faire un adulte malheureux. » Il n'est pas d'accord et moi non plus : quand on est rassasié, on ne mange pas n'importe quoi. Pour l'amour, c'est pareil.

Je me mets à courir et je me précipite sur papa et son paquet. Je dénoue la ficelle, arrache le papier et découvre, soigneusement plié en accordéon… un cerf-volant. Énorme et blanc. Le plus grand que j'aie jamais vu.

Plus grand que celui de Dahoud, mais beaucoup moins beau.

Mon père le sort doucement de sa boîte, il l'étale sur le sable, déroule le fil et y fixe un moulinet qui va lui permettre de le faire voler facilement et très haut.

La tête me tourne de trop de peine. Je me jette dans les bras de papa et le serre fort, la tête par-dessus son épaule pour qu'il ne voie pas mon visage. Je l'embrasse une fois, dix fois, vingt fois, j'écarquille les yeux à les faire éclater et je réussis à retenir une épouvantable cascade de larmes. Il rit, je n'ai pas pleuré.

Les deux cerfs-volants voguent dans le ciel. Celui de Dahoud se bat contre le vent, fait des pirouettes, manque de tomber, s'élève à nouveau. C'est un arc-en-ciel qui danse, magnifique et fragile. L'autre ressemble à un aigle blanc, fort et calme. Il monte, monte et disparaît presque dans le soir qui vient.

Les enfants crient maintenant :

– Raymond ! Raymond !

Je ne dis rien, je me sens mal.

Papa continue à tourner son moulinet, le visage vers le ciel, concentré et heureux. Soudain, la petite machine se casse, le fil se détend, le grand aigle blanc pique du nez et va s'écraser sur le sable. Ses ailes de papier se déchirent et gémissent. J'ai presque de la peine.

Le cerf-volant de Dahoud reste seul entre le ciel et l'eau, comme un prince solitaire dans un royaume vide.

– Ah ! ces gadgets ! Tous de la pacotille ! dit mon père, même pas déçu et si légèrement que je me demande, tout à coup, s'il ne l'a pas fait exprès. D'autant plus que maman a son sourire de fierté.

Je me presse contre sa poitrine, ma tête frotte doucement sa chemise. Lui ne me lance même pas un regard, il suit des yeux le cerf-volant de Dahoud et déclare d'un ton sérieux, un peu solennel :

– Il faut dire que rien ne vaut la main d'un artiste.

7

Le chagrin

Clémentine a raison : l'amour est un ouragan. Quand on le perd, on reste comme la maison abandonnée, abîmée de partout, avec des trous qui laissent entrer un terrible chagrin et une affreuse colère.

Je vais perdre mon amour avec Dahoud. Ce n'est pas qu'on ne s'aime plus, mais il doit partir et ne reviendra pas.

On va construire un hôtel à la place du campement. Les bédouins ont deux jours pour plier bagages et retourner à leur désert, a dit le nouveau propriétaire du terrain.

Maman, papa et Clémentine sont partis en délégation chez le maire du village pour demander des explications ou, au moins, retarder la date du départ. On leur a servi du café et des gâteaux aux figues et on leur a dit que tout cela ne les regardait pas. Papa a téléphoné partout sans arriver à faire céder ces vendus-pourris de propriétaires et d'architecte.

Le soir, la tribu de Dahoud s'est réunie autour des lampes à pétrole et ils ont décidé de s'installer dans le sud, à l'autre bout du désert. Tout de suite, pendant la nuit, ils ont commencé à préparer leur voyage.

– Les bédouins sont comme les juifs, a dit mon père, comme nous, ils partent quand on ne veut plus d'eux, sans faire de bruit.

Moi, du bruit, j'en ai fait. Et beaucoup. Accroupie sous le figuier, j'ai hurlé contre tout, surtout contre Dahoud. Je lui ai crié qu'il m'a menti ; que ça n'existe pas un amour qui revient toujours puisque lui, je ne le reverrai jamais.

Dahoud a tenu mes mains dans les siennes et les a gardées pendant des heures, sans bouger, sans les caresser. Depuis la veille, il n'avait pas prononcé un seul mot. Il ne disait rien ; même mon nom, il ne le disait pas. Peu à peu, très lentement, mon cœur s'est calmé et la tristesse est venue me prendre tout entière. Des larmes ont coulé, chaudes et bonnes sur mon cou et sur nos mains.

Je me suis endormie, collée à lui, au pied d'un palmier, et me suis réveillée en pleine nuit. Dahoud m'a raccompagnée. La véranda était éclairée, dans les vieux fauteuils d'osier, mes parents lisaient, l'un près de l'autre. De ma chambre, j'ai entendu leurs pas dans le couloir, une lumière qui s'éteignait, une porte qui se fermait. Ils m'avaient attendue.

Les tentes sont démontées, pliées et ficelées ; on charge les dromadaires. C'est le départ.

Ce matin, papa m'a proposé une promenade à travers les dunes de figuiers jusqu'au village et une orgie de jus de mangue et de fromage frit. J'ai refusé, je veux tout voir jusqu'au bout.

Alors, il s'est mis à marcher du salon à la véranda et de la véranda au frigidaire. Il mangeait, il fumait, il râlait. Il aurait fait n'importe quoi pour que j'aie moins mal,

alors il m'a dit, en prenant mes yeux dans les siens de velours noir :

– L'absence de l'autre, ce n'est pas la fin de l'amour, tu sais.

Méchante, tellement j'avais de peine, je lui ai lancé rageusement :

– Tu dis ça parce que tu penses à ta maman qui est morte. Moi, je veux Dahoud, je le veux près de moi.

Maman est venue entre nous et a dit doucement :

– Un chagrin d'amour c'est encore de l'amour, mais, c'est vrai, c'est différent.

La caravane des animaux et des hommes est prête, droite et immobile, avant le grand voyage.

Dahoud me rejoint devant la palmeraie. Il est debout, en face de moi.

– Ya R'beecca…

J'ai à peine le temps de dire « ya Dahoud… », à peine le temps de trop souffrir, il est déjà retourné vers sa famille et disparaît derrière les palmiers.

Il est comme ça mon Dahoud, il sait comment on fait quand on aime.

Table

PAGE 9
1. L'odeur de Dahoud

PAGE 24
2. La voix de Dahoud

PAGE 37
3. Les mains de Dahoud

PAGE 48
4. Papa

PAGE 60
5. Le jour des becfigues

PAGE 74
6. Le cerf-volant

PAGE 87
7. Le chagrin

Conception graphique de la collection :
Isabelle Gibert

Achevé d'imprimer
en mars 2005
par l'Imprimerie Floch à Mayenne.

Dépôt légal
pour la présente édition : octobre 2004
N° impr. : 62565
(Imprimé en France)